足迹·风采

——陈邦柱同志全国政协人口资源环境委员会
工作纪实

中国宇航出版社
·北京·

图书在版编目（ＣＩＰ）数据

足迹风采：陈邦柱同志全国政协人口资源环境委员
会工作纪实 / 党德信主编. -- 北京：中国宇航出版社，
2010.12

ISBN 978-7-80218-895-2

Ⅰ．①足… Ⅱ．①党… Ⅲ．①陈邦柱—生平事迹
Ⅳ．①K827=7

中国版本图书馆CIP数据核字(2010)第259124号

责任编辑　曹晓勇　赵宏颖　**装帧设计**　耿中虎

出　版　
发　行　中国宇航出版社

社　址　北京市阜成路8号　　邮　编　100830
　　　　（010）68768548
网　址　www.caphbook.com/www.caphbook.com.cn
经　销　内部发行
发行部　（010）68371900　　（010）88530478（传真）
　　　　（010）68768541　　（010）68767294（传真）
零售店　读者服务部　　北京宇航文苑
　　　　（010）68371105　　（010）62529336
承　印　北京画中画印刷有限公司

版　次　2011年5月第1版
　　　　2011年5月第1次印刷
规　格　889×1194
开　本　1/16
印　张　10.5
书　号　ISBN 978-7-80218-895-2
定　价　68.00元

本书如有印装质量问题，可与发行部联系调换

为人口资源环境与经济社会
全面协调可持续发展建言献策

　　做好人口资源环境工作，是贯彻落实科学发展观的必然要求和全面建设小康社会的重要内容。经过长期不懈努力，我国人口资源环境工作取得了显著成绩，在提高人口素质、高效利用资源、保护和改善环境等方面迈出了坚实步伐。全国政协人口资源环境委员会也为推动人口资源环境与经济社会全面协调可持续发展作出了积极贡献。

　　陈邦柱同志自2000年6月担任全国政协常委和全国政协人口资源环境委员会主任以来，团结、组织和带领人口资源环境委员会全体委员，认真履行职能，做了大量卓有成效的工作。人口资源环境委员会围绕南水北调工程、天津滨海新区开发开放、首钢搬迁及曹妃甸循环经济生态工业园区建设、"三江源"生态保护等重大课题，组织力量，深入开展调研，提出的意见和建议受到党中央、国务院高度重视。与有关部门联合举办"国际人口与发展论坛"、"关注森林"、"城市森林论坛"、"保护母亲河"、"保护长江万里行"等活动，在社会上产生了广泛影响。

　　本书生动展示了陈邦柱同志担任全国政协常委和人口资源环境委员会主任期间，在人口发展、资源节约、环境保护、对外交往等方面参政议政、建言献策的工作场景，真实再现了他的人生历程和履职风采，通篇凝结着他关注发展、情系民生的心血和汗水。

　　当前和今后一个时期，我国人口资源环境工作任务依然艰巨繁重。我们要深入贯彻落实科学发展观，紧紧围绕"十二五"时期发展的主题主线，牢固树立绿色、低碳发展理念，加快构建资源节约、环境友好的生产方式和消费模式，促进经济社会发展与人口资源环境相协调，为提高生态文明水平、增强可持续发展能力作出新的更大贡献。

贾庆林

2011年2月1日

陈邦柱同志全国政协
人口资源环境委员会工作概述

　　陈邦柱同志担任第九届、第十届全国政协人口资源环境委员会（简称"人资环委"）主任八年来，在主席会议和常委会的领导下，组织并亲自参与了大量调研活动，积极建言献策，在促进国家人口资源环境与经济社会全面协调可持续发展方面作出了积极的贡献。

　　一是以促进南水北调工程尽快开工为目标开展系列调研。
　　根据党中央、国务院提出南水北调的设想，人资环委联合地方政协和有关部门，先后几次到中、东、西调水线路进行了实地考察并进行多次研讨。陈邦柱主任代表委员会在全国政协九届四次会议上作了《关于尽早实施南水北调工程的建议》的大会发言。会后，《建议》以政协全国委员会名义上报党中央、国务院，受到高度重视，国家计委（今国家发改委）、水利部进行了认真研究，吸收了有关建议。《建议》对国家制定《南水北调总体规划》、使南水北调工程尽早开工建设起到了积极的促进作用。其后，人资环委又针对南水北调水源地水质保护和东路、中路沿线环境保护问题开展了调研，提出了切实可行的建议。

　　二是针对我国土地沙化严重的现状，积极开展考察活动。
　　土地沙化是我国最为突出的生态问题之一，党中央、国务院十分关注。在赵南起副主席带领下，人资环委组成了防治土地沙化课题组，先后对八大沙漠、四大沙地和京津风沙源区开展持续性的大规模调研活动，提出了遵循客观规律，坚持"预防为主、防治结合、综合治理"的方针，所提建议被党中央、国务院采纳。

　　三是围绕保护耕地资源和城市土地管理问题开展专题调研。
　　保护耕地是我国的基本国策之一，关系到中华民族的生存。在李贵鲜副主席带领下，人资环委组织委员与国土资源部合作，围绕"海洋滩涂的利用与开发"、"土地管理"、"土地收购储备"等课题，开展了系列专题调研。提出要把土地作为重要资源，有偿使用、科学经营、强化管理。这些建设性意见，对国家土地管理政策的完善，产生了积极影响。

四是举办"绿色与环保'2001"国际论坛。

为了加强基本国策的宣传工作，进一步扩大全国政协人资环委的影响，加强全国政协专委会在可持续发展战略领域同国际间的交流与合作，人资环委和外事委员会联合国家环保总局、国家林业局于2001年9月上旬成功举办了"21世纪论坛——绿色与环保'2001"，着重探讨了21世纪初人类共同关心的林业生态建设和环境保护领域的重大现实问题。论坛充分发挥人资环委专业职能优势，广泛宣传人民政协在可持续发展战略实施进程中所做的工作和取得的成绩，介绍了我国生态建设和环境保护的巨大成就。

五是紧紧围绕天津滨海新区开发开放、首钢搬迁及曹妃甸工业园区建设、"三江源"生态保护等重点项目开展调查研究。

——围绕天津滨海新区开发开放，人资环委连续五年联合有关部门跟踪调研并举办有关论坛，贾庆林主席非常关注天津滨海新区建设，多次作出指示和批示，王忠禹常务副主席、徐匡迪副主席先后带队视察、调研并参加论坛，所提建议切实可行并具前瞻性，受到党中央、国务院的高度重视，使滨海新区上升为国家总体发展战略，纳入国家"十一五"总体发展规划，成为我国继深圳、浦东之后的第三经济增长极和探索区域发展新模式的综合配套改革试验区，发挥了重要作用。

——贾庆林主席率团到首钢和唐山市曹妃甸首钢新址进行考察，人资环委又继续跟踪组织了调研，在与有关方面进行多次研讨后形成了《关于首钢搬迁及曹妃甸循环经济生态工业园区建设的建议》，受到党中央、国务院的高度重视。《建议》提出，以首钢搬迁为契机，把曹妃甸工业区建成循环经济生态工业园区，对于探索符合我国国情的循环经济发展道路和加强区域经济合作、建设资源节约型和环境友好型社会具有重大意义。

——遵照贾庆林主席的批示，李蒙副主席带领人资环委调研组赴海拔4000多米的青藏高原，实地考察并研讨"三江源"生态保护和建设问题，为推动《青海三江源自然保护区生态环境保护和建设总体规划》得到又好又快的落实提出政策性建议，受到党中央、国务院的高度重视。

六是针对人口发展面临的严峻挑战，就人口方面的重要问题深入开展调查研究。

针对新时期人口发展所面临的严峻挑战，人资环委围绕国家人口发展战略，就稳定低生育水平、提高人口素质、改善人口结构和分布、加强流动人口管理以及应对老龄化等完善人口政策方面的重要问题开展调查研究。其中有关农村计划生育贫困家庭的奖励扶助、"少生快富"扶贫工程的专题调研，对计划生育工作思路实现由罚到奖的转变，落实控制人口的基本国策，有效稳定低生育水平起到了重要的推动作用。特别是把老龄人口问题作为工作重点，在国内深入调研的基础上，又赴欧洲发达国家考察，在老龄人口问题调研报告中，提出了我国应对老龄化挑战的对策建议，受到了国务院有关部门的高度重视。

七是举办"国际人口与发展论坛"。

2004年9月，人资环委与国际人口与发展"南南合作"伙伴组织、国家人口和计划生育委员会、全国政协外事委员会联合，在湖北省武汉市成功举办了"国际人口与发展论坛"。围绕消除贫困、生殖健康与计划生育、艾滋病防治以及对艾滋病人的关爱、青少年性与生殖健康、降低孕产妇和婴幼儿死亡率、妇女赋权与社会性别平等、非政府组织的作用、官方发展援助与伙伴关系等8个专题进行研讨，交流在计划生育和生殖健康方面的经验和挑战，探讨未来十年国际社会在加强合作和实现目标方面的战略。论坛发布了由21个"南南合作"伙伴组织成员国共同签署的《长江宣言》。

八是围绕能源资源节约、生态环境保护、新能源开发等重大议题开展调查研究。

第十届全国政协人资环委成立了"节约资源"调研组，设立了5个子课题，就节能、节油、节电等问题开展了系列调研，多次在政协全体会、常委会上发言，阐述节约资源的重要性。此项调研对节约能源资源基本国策的确立起到了推动作用。同时，人资环委就煤炭资源、矿产资源的合理开发与利用，建筑建材节能，土地资源的集约利用，大力开发风能、生物质能、太阳能、地热、核能等新能源开展了专题调研，为保障我国能源安全、调整能源结构提出了很多有分量、有参考价值的意见和建议，受到国家相关部门的重视。

九是围绕新农村建设中的环境保护问题开展调查研究。

人资环委十分关注新农村建设中的环境保护问题，就农业面源污染防治、农村饮水安全、实施"乡村清洁"工程等问题组织专题调研。其中关于实施"乡村清洁"工程的有关建议被吸收入2007年中央"一号文件"《中共中央、国务院关于积极发展现代化农业扎实推进社会主义新农村建设的若干意见》。

十是就区域经济发展中的生态环境保护问题开展调查研究。

人资环委针对重点区域、重点流域和重点工程建设中的生态环境保护问题，如东江流域水环境保护、辽河流域水污染防治、西藏天然草场保护、三峡库区环境治理和地质灾害防治、沿京九线"绿色长廊"建设等，深入开展调查研究并提出意见、建议，对于我国尽快建成资源节约型、环境友好型社会，促进经济社会持续健康发展，产生了显著效果，发挥了重要作用。

十一是与有关部门共同举办高层次、高规格的论坛、研讨会，积极开展各项公益宣传活动。

第十届全国政协人资环委先后分别与中国气象局、中国工程院、中国钢铁工业协会等单位共同举办了"气候变化和生态环境研讨会"、"中国钢铁工业发展循环经济研讨会"等会议，搭建平台，集思广益，咨政建言，开拓了履行职能的新形式。与国家环保总局、国家林业局、共青团中央等单位开展了"中国环境文化节"、"城市森林论坛"、"保护母亲河"、"保护长江万里行"等宣传活动，对促进环境保护工作、加快宜居生态城市建设起到了很好的推动作用。

十二是配合常委会做好主题准备工作，组织好常委会专题会议。

第十届全国政协人资环委配合全国政协常委会中心议题做了大量调研和筹备工作。特别是配合全国政协办公厅组织筹备十届十八次常委会关于"建设资源节约型、环境友好型社会"专题讨论，取得了很好的效果。会上常委和委员们就能源资源体制机制建设，节电、节水、建筑建材节能，土地集约利用，发展新能源等专题作了重点发言，提出了具有前瞻性、战略性的意见和有可操作性的具体建议，受到了党中央、国务院的重视。

目　录

卷首篇

陈邦柱　男，汉族，1934年9月出生，江西九江人。1954年毕业于重庆建筑工程学院土木系，1975年10月加入中国共产党。历任吉林化工建设公司工程师，化学工业部第九化工建设公司总工程师、副经理，化学工业部第四化工建设公司总工程师、经理，湖南省岳阳市市长，中共岳阳市委副书记，湖南省对外经济委员会主任。1984年任中共湖南省委常委，湖南省副省长。1989年后，任中共湖南省委副书记，湖南省代省长、省长。1995年2月任国内贸易部部长。1998年3月—2000年5月，任国家经济贸易委员会副主任、党组副书记。2000年6月—2008年3月，任全国政协常委、全国政协人口资源环境委员会主任。中共十三届中央候补委员，十四届、十五届中央委员。第七届、第八届全国人大代表。现任中国质量协会会长。

● 2002年，陈邦柱主任与中共中央政治局常委、第九届全国政协主席李瑞环合影。

● 2004年，陈邦柱主任与中共中央政治局常委、第十届全国政协主席贾庆林合影。

● 2008年7月，中共中央政治局常委、第十一届全国政协主席贾庆林向陈邦柱主任颁发第十届全国政协常委纪念牌。

综合篇

人口资源环境委员会在陈邦柱主任带领下，紧紧围绕国家高度重视、关系人民群众切身利益的，涉及经济与人口、资源、环境协调发展的宏观性、紧迫性和前瞻性的重要问题开展工作，相继组织实施了南水北调工程、天津滨海新区建设、首钢搬迁及曹妃甸循环经济生态工业园区建设等战略性课题的调研活动。其中很多意见和建议被党中央、国务院采纳并进入决策程序。

● 2001年3月7日，陈邦柱主任在全国政协九届四次会议上作《关于尽早实施南水北调工程的建议》的大会发言。

● 2001年3月7日，全国政协九届四次会议在人民大会堂举行南水北调工程专题记者招待会，会前，陈邦柱主任与张春园副主任（中）、袁国林委员（右）一起商讨答记者问有关事宜。

● 2001年3月10日，陈邦柱主任在京丰宾馆主持专题会议，讨论修改《关于尽早实施南水北调工程的建议》。人口资源环境委员会副主任张春园（右三）、张洽（左三），办公室主任刘明（左一）参加会议。

◉ 2001年7月9日，陈邦柱主任在第九届全国政协人口资源环境委员会第七次全体会议上讲话。

● 2001年10月19日，陈邦柱主任在四川省调研并出席在宜宾市举办的"第三届中国竹文化节"。

● 2002年12月2日，第九届全国政协人口资源环境委员会工作研讨会在广东省
惠州市召开，人口资源环境委员会部分委员参加了会议。
图为与会人员合影留念。人口资源环境委员会主任陈邦柱（左五），副主任江泽慧
（右四）、李伟雄（左三）、张洽（右二）、张春园（左二）、陈洲其（右一）在前
排就座。

二排左起：方樟顺、扎舍、蔡延松、袁国林、沈茂成、李士忠、王东、孙柏秋、王汝林、史训知、曹文宣、刘汉彬、党德信、杨贤芳、张定。

三排左起：王亚男、李晓华、程宝荣、白煜章、李世忠、田均良、张红武、沈国舫、严宏谟、曾庆存、秦纪民、卫宏、苏曼、张祥、闫卫东。

● 2002年12月2日，陈邦柱主任在广东省惠州市主持召开第九届全国政协人口资源环境委员会工作研讨会。

● 2003年8月8日，陈邦柱主任陪同全国政协副主席李贵鲜（右三）考察大庆油田。

● 2003年12月23日，陈邦柱主任在全国政协机关主持召开第十届全国政协人口资源环境委员会第六次主任会议，会后同与会人员合影。

前排左起：张宝明、杨魁孚、刘成果、叶青、陈邦柱、江泽慧、温克刚、张洽、卫宏。

后排左起：程宝荣、党德信、陈洲其、李伟雄、张人为、白煜章。

● 2004年6月13日，全国政协人口资源环境委员会参与筹备的四川省广安市邓小平故居"全国政协林"纪念碑落成。贾庆林主席（左三）、王忠禹常务副主席（左四）、陈邦柱主任（左二）、孙怀山副秘书长（右三）、国家林业局局长周生贤（右二），人口资源环境委员会办公室主任党德信（左一）、国家林业局宣传办公室主任曹清尧（右一）在纪念碑前合影。

● 2004年7月24日，陈邦柱主任看望在北戴河举办的湖南省政协人口资源环境委员会培训班全体学员并与大家合影留念。
前排左四为湖南省政协人口资源环境委员会主任陈本洪。

● 2005年3月18日，"振兴环渤海区域经济与加快天津滨海新区发展"论坛在天津市举办。全国政协常务副主席王忠禹（左五）、秘书长郑万通（左三）、人口资源环境委员会主任陈邦柱（左二），中共中央政治局委员、中共天津市委书记张立昌（左四），天津市市长戴相龙（左六）、中共天津市委副书记黄兴国（左一）出席会议。

● 2005年5月26日，陈邦柱主任在天津市蓟县盘山主持"人与自然和谐"研讨会。

● 2005年7月6日，中共中央政治局常委、全国政协主席贾庆林（左二）与人口资源环境委员会陈邦柱主任（右三）、叶青副主任（右二）、左铁镛常委（左三）、罗冰生委员（左一），人口资源环境委员会办公室主任党德信（右一）商讨关于开展钢铁行业发展循环经济调研的有关问题。

● 2005年8月18日，全国暨地方政协人口资源环境委员会工作研讨会在云南省昆明市召开，陈邦柱主任（前排左四）作工作报告。全国政协副主席张榕明（前排右三）、副秘书长李昌鉴（前排左二），人口资源环境委员会副主任王克英（前排左一）、叶青（前排右一）出席。

● 2005年10月28日，中共中央政治局常委、全国政协主席贾庆林（前排左四）率首钢搬迁及曹妃甸循环经济生态工业园区建设专题调研组在河北省唐山市考察曹妃甸首钢新址工地并观看曹妃甸工业区沙盘模型。王忠禹常务副主席（前排右三）、郑万通秘书长（前排左二）、李昌鉴副秘书长（前排右一）、陈邦柱主任（前排左一），中共中央政治局委员、中共北京市委书记刘淇（前排右二），中共河北省委书记白克明（前排左三）参加调研。

● 2006年3月28日，陈邦柱主任在北京新世纪饭店主持"中国钢铁工业发展循环经济研讨会"。

● 2006年9月14日，陈邦柱主任（右六）在山东省济南市主持全国暨地方政协人口资源环境委员会工作研讨培训会。全国政协副主席张思卿（右七）、副秘书长李昌鉴（左四）等出席。

● 2006年12月22日，陈邦柱主任主持召开人口资源环境委员会第十五次主任会议。

● 2007年3月11日，陈邦柱主任在京丰宾馆主持召开人口资源环境委员会第十六次主任会议。全国政协机关党组书记、副秘书长杨崇汇（右排左二）出席。

● 2007年3月11日，陈邦柱主任在京丰宾馆主持召开人口资源环境委员会全体会议。

● 2007年4月10日，陈邦柱主任率"建设资源节约型、环境友好型城市"调研组在湖南省株洲市冶炼集团调研。

● 2007年4月10日，陈邦柱主任率"建设资源节约型、环境友好型城市"调研组在湖南省株洲市清水塘工业区考察。王克英副主任（前右一）参加。

● 2007年7月18日，全国政协副主席徐匡迪（前排左三）率全国政协委员视察团赴天津滨海新区视察。全国政协秘书长郑万通（前排左四）、人口资源环境委员会主任陈邦柱（前排左二）、经济委员会副主任叶连松（前排左五）、外事委员会副主任赵启正（前排左一）等陪同。

● 2007年10月12日，陈邦柱主任主持召开人口资源环境委员会工作总结会。

● 2007年11月14日，陈邦柱主任陪同中共中央政治局常委、全国政协主席贾庆
林接见出席全国暨地方政协人口资源环境委员会工作研讨会的代表。

● 2007年11月14日，全国暨地方政协人口资源环境委员会工作研讨会在全国政协礼堂召开。中共中央政治局常委、全国政协主席贾庆林接见与会代表并讲话，陈邦柱主任陪同。

◎ 2008年1月16日，陈邦柱主任主持第十届全国政协人口资源环境委员会工作总结会议。人口资源环境委员会副主任何光暐（左三）、温克刚（左四）、张宝明（左五）、杨魁孚（左六）、江泽慧（左七）、李伟雄（右六）、张洽（右五）、陈洲其（右四）参加会议并在前排就座。

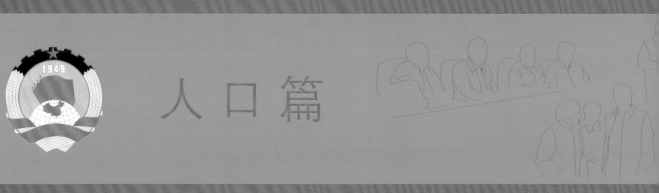

人口篇

　　　　人口问题是关系我国全面协调可持续发展的重大问题。针对全面建设小康社会进程中人口和计划生育方面出现的新情况、新问题，陈邦柱主任带领调研组，先后围绕"少生快富"扶贫工程、扶助农村计划生育贫困家庭、流动人口管理体制、出生人口性别比例失调、人口出生缺陷、老龄人口事业等内容开展调研，积极建言献策，受到党中央、国务院的重视。

◉ 2002年9月19日，陈邦柱主任在贵州省考察人口与计划生育工作。

● 2002年9月21日，陈邦柱主任在云南省考察人口与计划生育工作。

● 2004年9月7日，全国政协人口资源环境委员会、全国政协外事委员会、国家人口和计划生育委员会在湖北省武汉市共同主办"国际人口与发展论坛"。论坛期间，中外与会者在武汉东湖宾馆共同种植了"和平发展林"。

图为有关领导在"和平发展林"合影。从左至右：陈进玉、陈邦柱、华建敏、彭佩云、王忠禹、罗清泉、刘建峰。

● 2005年11月24日－28日，陈邦柱主任率调研组赴上海市调研老龄人口工作。人口资源环境委员会副主任李伟雄（上图右四）、陈洲其（上图右三），上海市政协人口资源环境委员会常务副主任周剑萍（上图右二）参加调研。下图为陈邦柱主任在上海市彭浦新村老年公寓与90岁高龄老人亲切交谈。

● 2005年11月25日，陈邦柱主任率调研组在上海市华新镇敬老院参观考察。

● 2005年11月26日，陈邦柱主任在上海市华新镇敬老院老年活动室参观考察。

● 2005年11月26日，陈邦柱主任在上海市华新镇老年公寓与老年人亲切交谈。
左起：李宝库、陈洲其、甘宇平、陈邦柱。

● 2005年11月26日，陈邦柱主任率调研组在上海市参观考察养老院。全国政协副秘书长潘贵玉（右四），人口资源环境委员会副主任李伟雄（右三）、杨魁孚（右五）参加考察。

● 2005年11月26日，陈邦柱主任与上海市养老院的高龄老人在一起。

资源篇

节约能源资源，是贯彻落实科学发展观的必然要求，也是我国经济社会可持续发展的重要保证。人口资源环境委员会在陈邦柱主任的领导下，围绕节能、节油、节电等问题开展了系列调研，就煤炭资源、矿产资源合理开发与利用，建筑建材节能，土地资源集约利用及大力开发新能源等问题形成了一系列调研报告，对节约资源基本国策的确立起到了推动作用。

● 2000年8月21日—30日，陈邦柱主任率西部水资源与可持续发展调研组赴宁夏、甘肃、青海等省区进行专题调研。

● 2001年10月15日，陈邦柱主任在四川省成都市主持召开我国能源战略调研组组团会。

● 2001年10月17日，陈邦柱主任率我国能源战略调研组在四川省乐山市考察。

● 2001年10月17日，陈邦柱主任在四川省乐山市考察时题词："开发清洁能源，实现可持续发展"。右二为全国政协常委、原国家电力部部长史大桢。

● 2001年10月27日，陈邦柱主任率我国能源战略调研组在云南省考察虎跳峡水
电站坝址。

● 2002年8月31日，陈邦柱主任率三峡水库水资源保护调研组考察重庆三峡生态移民及库区环境保护问题。

左一为人口资源环境委员会委员、国务院三峡建设委员会副主任甘宇平。

● 2005年1月17日，陈邦柱主任出席在海南省博鳌召开的"循环经济与中国建材产业发展研讨会"并讲话。

● 2005年7月19日，陈邦柱主任率农村饮水安全调研组在河北省沧州市吴桥县军王村考察人饮解困工程。陈洲其副主任（前排左二）参加考察。

● 2006年9月2日，陈邦柱主任在新疆维吾尔自治区野马中心接受中央电视台采访。

● 2006年9月2日，陈邦柱主任等领导与新疆维吾尔自治区野马中心工作人员合影。

前排左七为人口资源环境委员会副主任张洽，前排右五为国家林业局党组成员、中纪委驻国家林业局纪检组组长杨继平。

● 2007年5月24日，陈邦柱主任率农用地转（征）用情况专题调研组在山东省潍坊柴油机厂考察。全国政协副秘书长杨崇汇（前排左一），人口资源环境委员会副主任陈洲其（后排右二）、张洽（前排右一）参加考察，山东省政协副主席张敏（后排右一）等陪同。

● 2007年5月26日，陈邦柱主任在山东省青岛市黄岛开发区考察海水淡化工作。

● 2007年5月28日，陈邦柱主任率农用地转（征）用情况专题调研组在江苏省南京市江宁区调研。

● 2007年5月28日，陈邦柱主任与中共江苏省委书记李源潮（右三）交换对农用地转（征）用调研的意见。

● 2007年6月7日，陈邦柱主任率节能减排和能源可持续发展专题调研组在山西省调研。人口资源环境委员会副主任王广宪（左一）、张宝明（右五）参加调研，人口资源环境委员会委员、山西省政协副主席薛荣哲（右一）陪同并参加调研。

● 2007年7月10日，陈邦柱主任率调研组在河北省唐山市考察建筑建材节能情况。

左一为全国政协常委、中共河北省委常委、唐山市委书记赵勇，左四为人口资源环境委员会委员谭庆琏。

● 2007年7月11日，陈邦柱主任率调研组在河北省唐山市考察南堡油田开发情况。

● 2007年8月11日，陈邦柱主任率调研组在陕北榆林神华集团神东煤炭公司
考察。

● 2007年8月13日，陈邦柱主任率调研组考察宁夏回族自治区宁东能源化工基地。人口资源环境委员会副主任张宝明（右一）、陈洲其（右三）参加考察，宁夏回族自治区政协主席任启兴（右二）陪同。

● 2007年8月14日，陈邦柱主任率调研组在宁夏回族自治区考察黄河旅游资源。人口资源环境委员会副主任张宝明（右）、李金明（后），委员李士忠（左）参加考察。

◉ 2007年10月31日，陈邦柱主任率可再生能源开发与利用调研组在江苏省连云港市考察欧亚大陆桥港口建设情况。

● 2007年10月31日，陈邦柱主任率可再生能源开发与利用调研组在江苏省连云港市中复连众复合材料集团有限公司考察风力发电机叶片生产情况。

● 2007年11月4日，陈邦柱主任在广东大亚湾核电站考察调研。

● 2007年11月6日，陈邦柱主任率可再生能源开发与利用调研组在河南省听取有关部门介绍情况。人口资源环境委员会委员王心芳（左三）、马福（右二），办公室主任党德信（右一）等参加。

● 2007年11月18日，陈邦柱主任在"中国节能减排论坛——2007"会议上讲话。

环境篇

人口资源环境委员会针对我国环境治理形势严峻的情况，积极开展调查研究，着力推动环境保护工作。陈邦柱主任多次率调研组，就防治土地沙化、污水和垃圾处理再利用、农业面源污染防治、开展关注森林活动、实施"乡村清洁"工程等问题组织专题调研，所提建议受到党中央、国务院的高度重视，为我国经济社会全面协调可持续发展作出了积极贡献。

● 2001年9月4日，在"21世纪论坛——绿色与环保'2001"会议上，中共中央政治局常委、全国政协主席李瑞环与陈邦柱主任亲切握手。

● 2001年9月6日，陈邦柱主任在"21世纪论坛——绿色与环保'2001"会议期间，与全国政协副主席叶选平在一起。

● 2001年9月4日，中共中央政治局常委、全国政协主席李瑞环（前排左一）会见出席"21世纪论坛——绿色与环保'2001"的各国来宾。全国政协副主席叶选平（前排左二）、宋健（前排左三）出席，陈邦柱主任（前排左四）陪同会见。

● 2001年9月6日，陈邦柱主任在"21世纪论坛——绿色与环保'2001"闭幕式上
讲话。

● 2001年9月18日，陈邦柱主任参加"京津冀政协生态环境建设防风治沙绿化工作
研讨会"并同与会代表合影。

前排左起：卫宏、王吉祥、陆道洽、李月辉、万朋铨、陈邦柱、陈广文、陈洲其、周绍
熹、刘明、左子敬、宋希有。

● 2002年4月11日，全国政协副主席胡启立（左二）、人口资源环境委员会主任陈邦柱（左一）与时任中共中央政治局委员、中共北京市委书记贾庆林（右二），北京市市长刘淇（右一）就进一步改善北京市大气环境质量交换意见。

● 2002年4月26日，全国政协副主席赵南起（左一）、人口资源环境委员会主任陈邦柱（右三）率防治土地沙化专题调研组在内蒙古自治区调研。

面积23.26公顷落叶松植苗造林，2000年春季造林，2001年秋进行补植，成活率85%。

● 2002年5月28日，陈邦柱主任在河北省丰宁满族自治县考察防沙治沙工作。

● 2003年9月7日，全国政协人口资源环境委员会主任、关注森林组委会副主任陈邦柱（中），人口资源环境委员会副主任、关注森林组委会副主任张洽（右），国家林业局党组成员、关注森林组委会副主任杨继平（左）在河北省灵寿县太行山区考察退耕还林工作。

● 2004年4月18日，陈邦柱主任率小城镇建设中的环保问题专题调研组在福建省泉州市考察丰泉环保集团污水处理厂。

● 2004年8月1日，陈邦柱主任率调研组赴内蒙古自治区额尔古纳市考察生态环境保护工作，受到蒙古族青年的盛情接待。

● 2004年10月11日，全国政协在四川省宜宾市举行"保护长江万里行"启动仪式，全国政协副主席张思卿（前排左五）、副秘书长范西成（前排左四）、人口资源环境委员会主任陈邦柱（前排右四）、副主任温克刚（前排右三）等出席。

● 2004年10月11日，陈邦柱主任（右）与温克刚副主任（中）、艾丰委员（左）在"保护长江、爱我中华"横幅上签名。

● 2004年10月22日，全国政协副主席李贵鲜（右三）、人口资源环境委员会主任陈邦柱（左三），上海市政协主席蒋以任（右二）等在上海出席"保护长江万里行"研讨会。

● 2004年10月30日，人口资源环境委员会主任陈邦柱、副主任温克刚（前排左二）在人口资源环境委员会委员、安泰集团董事长李安民（前排右一）陪同下考察山西省介休市安泰集团环境治理情况。

● 2005年4月24日，陈邦柱主任率建立流域生态补偿机制专题调研组在江西省寻乌县考察生态环境建设情况，人口资源环境委员会副主任王克英（后排左一）、委员鲁志强（后排左二）等参加考察。

● 2005年8月23日，陈邦柱主任在辽宁省沈阳市主持"第二届中国城市森林论坛"。

● 2005年8月24日，陈邦柱主任考察抚顺西露天矿北邦"8.13"特大洪灾引发地质灾害造成地面塌陷及耕地农房损失的受灾现场。

● 2005年10月23日，陈邦柱主任率沿海生态环境保护和海洋灾害预警机制调研组在浙江省温州市调研。

● 2005年12月18日，陈邦柱主任率关注森林活动调研组在海南省考察海南坡鹿保护情况。

● 2006年5月13日，全国政协副主席张榕明（中）、人口资源环境委员会主任陈邦柱（前排左一）率人口资源环境委员会和民建中央组成的联合调研组，就"辽河流域污染问题"在吉林省四平市调研。

● 2006年10月21日，全国政协副主席张思卿（前排左六）、人口资源环境委员会主任陈邦柱（前排左七）出席在湖南省长沙市举行的"第三届中国城市森林论坛"，陈邦柱主任主持会议。

● 2007年5月9日，陈邦柱主任出席在四川省成都市举办的"第四届中国城市森林论坛"，并在成都市参观考察生态建设。

● 2007年8月20日，陈邦柱主任率全国政协人口资源环境委员会和国家林业局组成的林业在和谐城乡建设中的作用联合调研组在广东省广州市调研。

● 2007年10月29日，陈邦柱主任（左六）在江苏省南京市出席"湖泊保护与可持续发展研讨会"第三次会议开幕式并讲话。

● 2008年1月21日，由全国政协人口资源环境委员会、国家林业局等六单位联合成立的关注森林活动组委会在全国政协机关召开2008年主任会议。关注森林活动组委会主任、全国政协副主席张思卿（右四）主持会议。关注森林活动组委会副主任、全国政协人口资源环境委员会主任陈邦柱（右三），关注森林活动组委会副主任、全国政协人口资源环境委员会副主任江泽慧（右二）、张洽（左三）、温克刚（右一），关注森林活动组委会副主任、国家林业局局长贾治邦（左四），关注森林活动组委会副主任翟惠生（左二）、杨继平（左一）等出席。

出访篇

人民政协是开展对外友好交往的重要渠道，是增进我国人民同世界各国人民友谊的重要桥梁。为借鉴国外先进经验，拓展工作渠道，加强友好交流，陈邦柱主任除陪同全国政协主席出访外，还率团就环境保护、可再生资源的开发利用、发展循环经济和老龄人口问题出访考察，并结合我国国情，提出了相应的措施和建议。

● 2001年11月11日，陈邦柱主任陪同全国政协主席李瑞环访问斐济。

● 2001年11月16日，陈邦柱主任陪同全国政协主席李瑞环访问巴布亚新几内亚时，与中华总会和华人华侨代表合影。

与中华总会和华人华侨合影

● 2002年7月8日，陈邦柱主任率生态绿化建设调研组在加拿大考察。
下图右一为全国政协副秘书长张国祥，左一为人口资源环境委员会委员蔡延松。

● 2002年7月9日，陈邦柱主任率生态绿化建设调研组在加拿大考察。

● 2004年5月19日，陈邦柱主任率循环经济考察团在德国克里希特海姆凯乐空气净化公司考察。

右二为全国政协副秘书长范西成，左二为人口资源环境委员会副主任王克英。

● 2004年5月22日，陈邦柱主任率循环经济考察团在日本三洋公司考察太阳能开发利用情况。

右二为人口资源环境委员会副主任王克英，右一为委员谭庆琏，左一为委员罗冰生。

● 2005年11月1日–13日，全国政协副主席张榕明（左二）、人口资源环境委员会主任陈邦柱率领考察团在瑞典、丹麦、德国、法国考察老龄事业发展情况。图为11月4日考察团在瑞典隆德大学考察。

● 2005年11月7日，张榕明副主席、陈邦柱主任率考察团在德国老年学研究中心与工作人员进行座谈。

● 2005年11月10日，张榕明副主席、陈邦柱主任率考察团在法国国立人口研究所听取老龄人口情况介绍。

● 2005年11月10日，张榕明副主席、陈邦柱主任率考察团参观考察法国 St Georges Bussy 老年之家。

● 2005年11月1日—13日，全国政协副主席张榕明（前排左五）、人口资源环境委员会主任陈邦柱（前排左四）率领考察团在瑞典、丹麦、德国、法国考察老龄事业发展情况。图为11月7日考察团全体成员在德国国会大厦前合影留念。

● 2007年9月12日，陈邦柱主任率可再生能源开发与利用调研组访问英国下议院，并在为其举办的欢迎午宴上致辞（上图）。会晤结束后，与英国议员代表在泰晤士河畔合影留念（下图）。

● 2007年9月13日，陈邦柱主任率可再生能源开发与利用调研组在英国考察风力发电及新能源利用情况。

● 2007年9月19日，陈邦柱主任率可再生能源开发与利用调研组在冰岛参观奈斯亚维斯里尔地热电站。

风采篇

陈邦柱同志在担任全国政协人口资源环境委员会主任期间，紧紧围绕经济社会发展中人口、资源、环境领域具有综合性、全局性、前瞻性的重大课题，深入调查研究，积极建言献策，足迹遍及大江南北，视野触及亚欧美非，在获得丰富调研成果的同时，也留下了自己难忘的身影。这些照片也展现了陈邦柱同志的个人风采。

● 2002年9月，陈邦柱主任在贵州。

● 2003年，陈邦柱主任在埃及。

● 2003年，陈邦柱主任在埃及。

● 2005年11月，陈邦柱主任在瑞典。

● 2003年8月，陈邦柱主任在长白山天池。

● 2003年8月，陈邦柱主任在吉林。

● 2003年9月，陈邦柱主任在山西省五台山。

◉ 2004年8月，陈邦柱主任在内蒙古自治区额尔古纳草原。

● 2004年6月，陈邦柱主任与全国政协常务副主席王忠禹在四川省乐山市。

● 2004年10月，陈邦柱主任在长江三峡。

● 2005年7月，陈邦柱主任在河北省白洋淀。

● 2006年8月，陈邦柱主任在西藏自治区拉萨市。

● 2007年8月，陈邦柱主任在革命圣地延安。

● 2007年9月，陈邦柱主任在瑞典。

● 2007年11月，陈邦柱主任在广东大亚湾核电站。

● 2007年10月，陈邦柱主任在江苏省连云港市。

● 2008年2月，陈邦柱主任与人口资源环境委员会办公室的同志一起参观考察正在建设中的奥运场馆。

情感篇

　　陈邦柱同志在长期的学习、工作和生活中，与老师、领导、同事、工作人员及家庭成员都建立了深厚的感情。在参观革命圣地、瞻仰革命先烈、拜会相关领导、看望昔日师长和参加各种活动中，体现了他敬仰领袖、拥戴领导、尊敬师长、团结同志、平易近人、珍视亲情的人文情怀。

● 2007年4月8日，陈邦柱同志在湖南省韶山市滴水洞瞻仰毛泽东同志曾经办公的房间。

● 2007年10月30日，陈邦柱同志在
江苏省淮安市参观周恩来纪念馆。

● 2009年8月20日，陈邦柱同志与原中共中央政治局常委、国务院总理朱镕基及夫人劳安在一起。

● 2009年10月11日，陈邦柱同志与中共中央政治局委员、中共重庆市委书记薄熙来亲切会面，薄熙来同志将邓小平同志的雕像赠与陈邦柱同志。

● 2009年10月12日，陈邦柱同志以校友身份参加重庆大学八十周年校庆，并看望老师刘南科教授。

● 2007年9月8日，陈邦柱同志和秘书曹泊宇（右）、工作人员秦晗（左）在江苏省常熟市沙家浜革命纪念馆参观学习。

● 2010年9月15日，陈邦柱同志与夫人唐淑芬在延安枣园，缅怀革命领袖的丰功伟绩。

● 2007年5月，陈邦柱同志携家人赴江西共青城瞻仰胡耀邦同志墓。

● 2010年7月15日，陈邦柱同志以普通党员身份参加国有资产管理委员会老干部局党组织活动，并与老同志及工作人员合影留念。

● 2011年5月4日，陈邦柱同志与本书部分编写出版人员合影留念。

左起：赵宏颖、曹泊宇、程宝荣、师宏耕、陈邦柱、党德信、张铁钧、段启明、耿中虎。

陈邦柱同志全国政协
人口资源环境委员会工作大事记

2000年

6月24日，全国政协九届十次常委会任命陈邦柱同志为政协第九届全国委员会人口资源环境委员会（以下简称"人资环委"）主任。

7月27日、8月4日，陈邦柱主任出席"京津冀政协水资源合理开发、利用与保护研讨会"开幕式、闭幕式。

8月21日—30日，陈邦柱主任率西部水资源与可持续发展调研组赴宁夏、甘肃、青海等省区进行专题调研。

11月6日—7日，陈邦柱主任在全国政协机关主持召开"南水北调工程专题工作会议"。

12月19日，陈邦柱主任在全国政协礼堂主持召开"关注森林——国际森林年十五周年纪念大会"，并作《坚持不懈把关注森林活动引向深入》的讲话。

2001年

2月19日、2月21日、4月3日、4月6日，陈邦柱主任主持召开能源发展战略情况介绍会，分别听取科技部、建设部、水利部、国防科工委负责同志介绍我国能源发展战略情况。

3月1日，"关注森林——2001年启动大会"召开，陈邦柱主任出席会议。

3月7日，陈邦柱主任在全国政协九届四次会议上作《关于尽早实施南水北调工程的建议》的大会发言。

3月7日，全国政协九届四次会议在人民大会堂举行南水北调工程专题记者招待会，陈邦柱主任回答中外记者的提问。

5月上旬—10月下旬，陈邦柱主任带队，赴陕西长庆油田，新疆塔里木油田，黑龙江大庆油田，广东广州、汕头、深圳，山东济南、泰安、淄博、青岛，北京清华大学、玻璃仪器厂，天津大学，四川都江堰、乐山、宜宾，云南昆明、丽江等地，围绕油气资源、水电资源、洁净煤、核能、太阳能、地热能、生物质能和循环流化床技术的开发应用等进行调研。

5月16日—18日，全国暨地方政协人资环委主任联席会议在南京召开，陈邦柱主任作主题报告。

5月23日，全国政协人资环委邀请国家环保总局通报环保工作情况，陈邦柱主任主持会议。

7月2日，中国经济社会研究会成立大会暨理事会第一次会议在全国政协礼堂召开，陈邦柱主任当选为副会长兼环境事务委员会主任。

8月下旬—9月中旬，陈邦柱主任赴湖南、湖北、吉林、内蒙古等省区考察造林绿化工作。

9月4日—6日，"21世纪论坛——绿色与环保'2001"在北京举办，陈邦柱主任作主旨讲话。

9月18日，"京津冀政协生态环境建设防风治沙绿化工作研讨会"在北京召开，陈邦柱主任出席开幕式并讲话。

10月19日，陈邦柱主任在四川省调研并出席在宜宾市举办的"第三届中国竹文化节"。

12月7日，陈邦柱主任出席关注森林活动组委会会议。

2002年

2月21日，"2002年关注森林活动启动大会"召开，陈邦柱主任出席会议并讲话。

2月25日，全国政协办公厅召开"南水北调工程总体规划工作情况通报会"，陈邦柱主任主持会议。

3月10日，陈邦柱主任出席"中央人口资源环境工作座谈会"。

4月11日，全国政协听取北京市改善大气质量的情况汇报，陈邦柱主任出席会议。

4月20日—22日，"环境与健康产业成果展览会"在中国国际展览中心举办，陈邦柱主任出席开幕式并致辞。

5月20日—21日，陈邦柱主任主持召开"水与土地沙漠化专题研讨会"。

5月27日—29日，陈邦柱主任率全国政协人资环委防治土地沙化专题调研组赴河北省丰宁满族自治县调研 。

6月25日—28日，全国政协第十八次常委会在北京召开，陈邦柱主任代表人资环委作《关于防治土地沙化问题的若干建议》的大会发言。

7月4日—15日，陈邦柱主任率生态绿化建设调研组赴加拿大进行考察。

8月26日—9月3日，陈邦柱主任率三峡库区水资源保护调研组赴四川省、重庆市和湖北省进行考察。

8月27日，陈邦柱主任在四川省成都市出席"长江流域十省市政协长江水环境保护研讨会"。

9月18日—21日，陈邦柱主任率人口与计划生育工作专题调研组赴贵州、云南两省进行调研。

10月25日，全国政协办公厅召开"南水北调工程总体规划征求意见座谈会"，陈邦柱主任主持会议。

12月2日—4日，第九届全国政协人资环委工作研讨会在广东省惠州市召开，陈邦柱主任主持会议。

2003年

1月3日，陈邦柱主任出席由九届全国人大环境与资源保护委员会主任、中华环境保护基金会理事长曲格平主持召开的"建议发行环保彩票的座谈会"。

1月8日，陈邦柱主任出席全国政协人资环委召开的"南水北调工程总体规划方案座谈会"。

1月20日，陈邦柱主任邀请全国人大环境与资源保护委员会、国土资源部、建设部、水利部、农业部、国家计生委、国家环保总局、国家林业局、中国气象局等单位领导，就进一步加强工作联系事宜，在全国政协机关进行座谈。

2月27日，陈邦柱主任在全国政协机关就第十届全国政协人资环委工作接受中央电视台记者采访。

3月9日，陈邦柱主任出席"中央人口资源环境工作座谈会"。

3月15日，陈邦柱主任在全国政协机关主持召开第十届全国政协人资环委第一次主任会议，传达"中央人口资源环境工作座谈会"精神，研究委员会年度工作安排。

3月21日，第十届全国政协人资环委在全国政协机关召开第一次全体会议，陈邦柱主任主持会议。

4月3日，陈邦柱主任拜访全国人大环境与资源保护委员会主任毛如柏，就进一步加强两个委员会的工作联系等事宜进行商谈。

4月9日，陈邦柱主任在全国政协机关与国家环保总局局长解振华进行座谈，沟通环境保护工作情况，并就双方进一步加强合作问题交换了意见。

4月9日，人口资源环境委员会在全国政协机关召开会议，研究关于"气候变化对生态环境的影响研讨会"的方案及有关事宜，陈邦柱主任出席。

4月9日，陈邦柱主任在全国政协机关与河北省政协人资环委杨振科主任一行就加强新一届委员会的工作协作进行座谈交流。

4月14日，人资环委邀请国家发展和改革委员会、科技部、国家环保总局有关负责人，介绍我国经济发展中的环境保护情况。全国政协副主席周铁农、李蒙出席，陈邦柱主任主持会议。

4月14日，陈邦柱主任在全国政协机关与北京市政协副主席王长连及城建环保委员会负责人一行就进一步加强工作联系进行座谈。

4月14日，陈邦柱主任与国家人口和计划生育委员会主任张维庆等领导就加强双方在人口和计划生育工作方面的交流与合作进行座谈。

4月15日，陈邦柱主任与国家林业局局长周生贤就加强双方在生态环境和天然林保护工作方面的交流与合作进行座谈。

4月16日—25日，陈邦柱主任率旅游资源开发利用中的生态环境保护问题调研组一行11人赴四川省成都市、雅安市调研。

5月20日，人资环委在全国政协机关召开第二次主任会议，传达专委会主任座谈会精神，研究委员会围绕常委会议题的准备工作，决定近日召开若干小型座谈会，进行重点题目发言材料的起草和修改，陈邦柱主任主持会议。

5月23日，人资环委经济发展中的环境保护专题调研组在全国政协机关召开会议，研究提交常委会的发言初稿，陈邦柱主任出席。

6月13日，人资环委在全国政协机关召开座谈会，纪念6月17日"世界防治荒漠化与干旱日"，陈邦柱主任主持会议并讲话。

7月4日，陈邦柱主任率全国政协人资环委一行40人，围绕"我国经济发展中的环境保护"专题，在北京市水泥厂和小汤山现代农业示范园进行考察。

7月7日，陈邦柱主任在全国政协机关主持召开纪念7月11日"世界人口日"专题座谈会。

7月12日，陈邦柱主任主持"2003年关注森林活动启动大会"，并对2003年关注森林活动进行部署。

7月16日—27日，全国政协人资环委和国家环保总局联合调研组一行14人赴天津、山东、辽宁等省市，就我国经济发展中的环境保护、循环经济、提高产业集中度等问题进行调研。调研组由陈邦柱主任，王克英、江泽慧副主任，汪纪戎常委带队。

8月6日—17日，人资环委东北湿地和天然林保护工程专题调研组赴黑龙江、吉林两省调研，陈邦柱主任带队。

9月3日，陈邦柱主任在全国政协机关主持召开人资环委第三次主任会议。

9月5日—15日，全国政协人资环委和国家林业局关注森林联合考察组一行10人赴河北、山西、陕西等省考察退耕还林实施情况，陈邦柱主任带队。

11月10日，陈邦柱主任在中国气象局就召开"气候变化与生态环境研讨会"事宜，听取筹备组关于会议准备情况的汇报。

11月24日，由全国政协人资环委和中国气象局共同主办的"气候变化与生态环境研讨会"在全国政协机关开幕，陈邦柱主任出席。

11月26日，人资环委在全国政协机关召开第四次主任会议，传达专委会主任会议精神，研究将于12月上旬在广西壮族自治区南宁市召开的"全国暨地方政协人口资源环境委员会工作研讨会"有关事宜，回顾2003年委员会工作，并提出2004年工作设想。陈邦柱主任主持会议。

12月5日—7日，人资环委在广西壮族自治区南宁市召开"全国暨地方政协人口资源环境委员会工作研讨会"，学习贯彻中共中央关于人口资源环境工作的指示精神，总结交流工作经验，开展工作研讨，陈邦柱主任作工作报告。

12月6日，陈邦柱主任在广西壮族自治区南宁市主持召开人资环委第五次主任会议，传达中央经济工作会议精神。

12月23日，全国政协人资环委与中国矿业联合会共同主办的首届中国矿业摄影大赛优秀作品展在全国政协礼堂举行，陈邦柱主任出席颁奖仪式。

12月23日，陈邦柱主任在全国政协机关主持召开人资环委第六次主任会议，讨论修改委员会2003年工作总结，研究2004年专题调研等工作。

12月26日，全国政协人资环委和国家林业局在全国政协机关联合召开"关注森林——加快林业发展座谈会"，陈邦柱主任主持会议。

2004年

1月8日，人资环委在全国政协机关召开全体会议，讨论2003年工作总结，研究2004年工作计划，陈邦柱主任作工作总结。

1月9日，人资环委、外事委员会与国家人口和计划生育委员会共同召开会议，商讨拟于9月份召开的"国际人口与发展论坛"有关事宜，陈邦柱主任出席。

2月9日，陈邦柱主任听取"国际人口与发展论坛"筹备情况的汇报。

2月11日，陈邦柱主任在全国政协机关与全国政协委员、《经济日报》社原总编辑、中国发展研究院院长艾丰等研究开展"保护长江万里行"活动事宜。

2月16日，陈邦柱主任在全国政协机关主持召开人资环委第七次主任（扩大）会议。

2月20日，陈邦柱主任与天津市政协副主席曹秀荣、王家瑜就天津市滨海新区发展问题进行座谈。

2月20日，陈邦柱主任在全国政协机关接受《人民政协报》、《中国政协》记者采访，回顾委员会2003年工作情况，介绍2004年工作重点。

2月23日—25日，陈邦柱主任在四川省广安市邓小平同志故居参加"人民政协林"选址工作。

3月2日，陈邦柱主任做客中央电视台新闻会客厅，就委员会2003年主要工作和2004年工作重点接受采访。

3月10日，陈邦柱主任出席"中央人口资源环境工作座谈会"。

3月17日，陈邦柱主任参加由全国政协常务副主席王忠禹主持召开的2004年工作座谈会，汇报本委员会2004年工作计划。

4月1日，陈邦柱主任主持召开人资环委第八次主任会议，传达第十三次主席会议精神，研究部署委员会围绕第六次常委会议题的有关准备工作。

4月6日，陈邦柱主任在全国政协机关与湖南省政协人资环委主任陈本洪一行就进一步加强工作联系与合作进行座谈。

4月9日—10日，陈邦柱主任率天津滨海新区整体发展与循环经济考察组赴天津市调研，并与中共天津市委副书记、市长戴相龙等进行座谈。

4月14日，人资环委小城镇建设中的环保问题专题调研组在全国政协机关听取民政部、建设部、农业部、国家环保总局有关部门负责同志介绍情况，陈邦柱主任出席。

4月15日—27日，人资环委小城镇建设中的环保问题专题调研组一行14人赴福建、广东两省调研，陈邦柱主任带队。

5月10日，人资环委在全国政协机关召开会议，邀请国家环保总局科技标准司负责同志介绍国内循环经济发展现状的有关情况，陈邦柱主任出席。

5月11日—25日，陈邦柱主任率循环经济考察团赴芬兰、德国、日本等国考察。

5月28日，人资环委循环经济考察团在北京东湖别墅举行座谈会，讨论考察报告有关事宜，陈邦柱主任主持会议。

6月3日，人资环委在"六·五"世界环境日前夕，组织委员赴北京市奥运场馆施工现场考察绿色奥运环保情况，并参观考察北京市朝阳区金盏乡生态农业发展情况，陈邦柱主任参加。

6月7日，陈邦柱主任主持召开人资环委第九次主任会议，研究常委会第六专题组的准备工作，讨论修改拟提交常委会的发言稿，并安排部署委员会近期工作。

6月13日，人资环委参与筹备的邓小平故居"全国政协林"纪念碑落成。陈邦柱主任出席在四川省广安市邓小平纪念馆西侧举行的落成仪式。

6月23日—28日，全国政协人资环委培训班在浙江省杭州市和莫干山举办，陈邦柱主任作主旨讲话。

7月24日，陈邦柱主任在北戴河看望湖南省政协人资环委培训班全体学员并讲话。

7月31日—8月10日，由全国政协人资环委、国家林业局等单位联合组成的关注森林活动组委会调研组赴内蒙古自治区、黑龙江省就生态环境保护和林业发展建设情况进行调研，陈邦柱主任带队。

9月6日，全国政协常务副主席、"国际人口与发展论坛"组委会主席王忠禹在武汉市听取"国际人口与发展论坛"组委会副主席、国家人口和计划生育委员会主任张维庆及湖北省委、省政府关于"国际人口与发展论坛"筹备工作情况的汇报,陈邦柱主任参加。

9月7日,"国际人口与发展论坛"在湖北省武汉市开幕,全国政协常务副主席、"国际人口与发展论坛"组委会主席王忠禹在开幕式上讲话,陈邦柱主任出席论坛。

10月9日,人资环委在全国政协机关召开"保护长江万里行"情况通报会,陈邦柱主任主持会议并介绍活动的筹备情况。

10月10日—22日,陈邦柱主任率领"保护长江万里行"考察团赴四川、重庆、湖北、湖南、江西、安徽、江苏、上海等省市调研。张思卿、李贵鲜副主席分别率团参加了四川省宜宾市、江苏省苏州市和上海市的相关活动。

10月29日—11月1日,陈邦柱主任一行赴山西省介休市安泰集团考察环境治理情况。

11月2日,人资环委在全国政协机关举办流动人口管理情况介绍会,陈邦柱主任出席。

11月18日,由关注森林活动组委会主办的"首届中国城市森林论坛"在贵州省贵阳市举办,陈邦柱主任主持会议。

12月3日—5日,陈邦柱主任在京西宾馆参加中央经济工作会议。

12月7日,陈邦柱主任在全国政协机关主持召开人资环委全体会议,传达中央经济工作会议精神。

12月10日,陈邦柱主任主持召开第十次人资环委主任会议,讨论委员会2004年工作总结,研究2005年主要工作。

2005年

1月17日—18日,陈邦柱主任在海南省博鳌出席由中国建筑材料工业协会和全国政协人资环委共同主办的"循环经济与中国建材产业发展研讨会"并讲话。

1月25日,陈邦柱主任在全国政协机关与河北省政协人资环委主任杨振科一行就加强工作联系与合作进行座谈。

1月26日,人资环委在北京市昌平区召开全体会议,讨论2004年工作总结,研究2005年工作计划,陈邦柱主任主持会议。

2月23日，陈邦柱主任在全国政协机关接受中央电视台记者采访，就委员会2004年在促进人与自然和谐发展方面开展的主要工作以及向中共中央、国务院报送的建议情况作了介绍。

3月2日，陈邦柱主任在京出席由中华环保联合会筹备领导小组举办的中华环保联合会筹备工作座谈会。

3月11日，人资环委在北京召开第十一次主任（扩大）会议，研究2005年调研工作，并与新参加委员会的副主任和委员座谈，陈邦柱主任主持会议。

3月12日，陈邦柱主任出席"中央人口资源环境工作座谈会"。

3月18日—19日，"振兴环渤海区域经济与加快天津滨海新区发展论坛"在天津市举办，陈邦柱主任主持了18日下午的论坛。

4月5日，人资环委在全国政协机关召开第十二次主任会议，陈邦柱主任主持会议。

4月6日，陈邦柱主任出席由河北省政府、省政协联合举办的"可持续生产与循环经济高级论坛"，并在开幕式上致辞。

4月21日，人资环委建立流域生态补偿机制专题调研组在全国政协机关召开会议，听取国家环保总局有关部门负责人介绍我国建立生态补偿机制的有关情况，陈邦柱主任主持会议。

4月22日—29日，陈邦柱主任率建立流域生态补偿机制专题调研组，赴江西、广东两省进行调研。

5月25日，陈邦柱主任在全国政协机关主持召开人资环委第十三次主任会议，研究委员会配合常委会和专题协商会做好有关准备的工作，以及组织开展好专题调研等工作。

5月26—28日，人资环委在天津市蓟县盘山召开研讨会，就构建社会主义和谐社会中人与自然和谐问题，邀请部分委员和有关方面专家进行深入探讨，为十届十次常委会议题做好准备。陈邦柱主任主持会议。

5月27日，陈邦柱主任率研讨会全体与会人员，赴盘山抗日烈士陵园，向烈士纪念碑敬献花圈，并参观抗日战争纪念馆，缅怀抗日英烈的光辉业绩。

6月2日，全国政协人资环委和北京市城建环保委员会就"创建绿色社区"专题在北京市开展联合考察，陈邦柱主任参加。

6月3日，中国绿化基金会在人民大会堂召开第五届全体理事会，全国政协主席、中国绿化基金会名誉主席贾庆林接见全体会议代表并讲话，陈邦柱主任出席。

7月6日，全国政协十届十次常委会议进行专题分组讨论，人资环委负责第四专题组"关于经济发展、人与自然和谐问题"的组织工作。下午，贾庆林主席在听取专题组的讨论之后，召集陈邦柱主任、叶青副主任、左铁镛常委、罗冰生委员及人资环委办公室负责人，共同商议如何就钢铁行业发展循环经济问题组织委员专家开展深入调研并提出建议的有关工作。

7月18日—20日，陈邦柱主任率农村饮水安全调研组在河北省保定市、沧州市进行调研。

8月5日，人资环委与中国社区工作协会共同举办的"全国第二届构建和谐社区高层论坛"在人民大会堂开幕，陈邦柱主任出席会议并讲话。

8月18日—20日，全国暨地方政协人资环委工作研讨会在云南省昆明市召开，陈邦柱主任在会上作工作报告。

8月23日—24日，由关注森林活动组委会主办的"第二届中国城市森林论坛"在辽宁省沈阳市举办，陈邦柱主任主持会议。

10月18日—26日，人资环委沿海生态环境保护和海洋灾害预警机制调研组赴福建、浙江两省调研，陈邦柱主任带队。

11月1日—13日，全国政协副主席张榕明、人资环委主任陈邦柱率人资环委考察团赴瑞典、丹麦、德国、法国考察老龄事业发展情况。

11月22日—24日，由江西省政协主办、18省市政协参加的"内陆湖泊暨鄱阳湖可持续发展研讨会"在江西省南昌市和九江市举办，陈邦柱主任出席开幕式并讲话。

11月24日—28日，陈邦柱主任率调研组赴上海市调研老龄人口工作。

12月5日，陈邦柱主任在国家林业局与有关负责人共同研究开展关注森林活动的有关事宜。

12月13日，陈邦柱主任主持召开人资环委第十四次主任会议，研究讨论2005年工作总结及2006年工作设想。

12月15日—21日，由全国政协人资环委和国家林业局联合组成的关注森林活动调研组赴广东、海南两省，就自然保护区的建设与发展问题进行调研，陈邦柱主任带队。

2006年

1月10日，全国政协副主席、关注森林活动组委会主任张思卿在全国政协机关会见国家林业局局长贾治邦，共同研究落实贾庆林主席关于评选国花的重要批示精神及继续搞好关注森林活动的有关问题，陈邦柱主任参加。

2月14日，人资环委主任陈邦柱、副主任张洽在全国政协机关与辽宁省政协人资环委主任杨宝善一行就进一步加强工作联系与合作进行座谈。

2月23日，陈邦柱主任在全国政协机关接受中央电视台记者采访，就委员会2005年围绕国家"十一五"规划开展的主要工作以及向中共中央、国务院报送的意见、建议作了介绍。

3月11日，全国政协人资环委和国家林业局在政协礼堂召开"2006年关注森林活动启动暨全民义务植树运动25周年纪念会"，陈邦柱主任作关注森林活动工作报告。

3月12日，人资环委全体会议在京丰宾馆召开，陈邦柱主任主持会议。

3月28日，全国政协人资环委与中国工程院、中国钢铁工业协会在京联合举办"中国钢铁工业发展循环经济研讨会"，陈邦柱主任主持会议。

4月23日—24日，陈邦柱主任率国家城市森林考察组到浙江省临安市考察城市森林建设情况。

5月11日—19日，全国政协副主席张榕明、人资环委主任陈邦柱率人资环委和民建中央组成的联合调研组，就"辽河流域污染问题"赴内蒙古、吉林、辽宁三省区调研。

7月4日—7日，全国政协十届十四次常委会议在京召开，陈邦柱主任担任小组召集人。

7月11日，由全国政协人资环委、经济委员会和天津市政协共同主办的"建设北方国际航运和物流中心，推进滨海新区开发开放论坛"在天津市举办，陈邦柱主任参加论坛。

8月22日，陈邦柱主任在呼和浩特市出席由黑龙江省、辽宁省、吉林省和内蒙古自治区政协共同主办的"2006·东北老工业基地区域发展论坛"第二次年会并讲话。

8月26日—9月3日，陈邦柱主任率全国政协人资环委和国家林业局联合调研组，就祁连山自然保护区建设、河西走廊水资源可持续利用和新疆南疆自然保护区建设情况，赴甘肃省和新疆维吾尔自治区调研。

9月15日—19日，全国暨地方政协人资环委工作研讨培训会在山东省济南市开幕，陈邦柱主任主持开幕式并讲话。

9月27日，陈邦柱主任在人民大会堂出席由中国绿化基金会、全国绿化委员会、全国政协人资环委共同主办的"西部绿化行动"启动仪式。

10月21日，由关注森林活动组委会主办的"第三届中国城市森林论坛"在湖南省长沙市举办，陈邦柱主任主持会议。

11月8日，陈邦柱主任在全国政协机关与全国政协常委、宁夏回族自治区政协人资环委主任刘璞一行进行会谈，商讨就黄河河套地区生态经济区建设问题开展联合调研等事宜。

12月22日，人资环委在全国政协机关召开第十五次主任会议，总结2006年工作并讨论研究2007年工作计划，陈邦柱主任主持会议。

2007年

1月9日，由全国政协经济委员会和辽宁省政协，大连市政府、市政协联合举办的"加快大连大窑湾保税港区建设、促进东北地区对外开放论坛"在大连市开幕，陈邦柱主任出席。

3月1日，关注森林活动组委会召开2007年主任工作会议，陈邦柱主任作工作报告。

3月11日，陈邦柱主任在京丰宾馆主持召开人资环委第十六次主任会议。

3月26日，陈邦柱主任在全国政协机关主持会议，研究全国政协第十八次常委会议"促进资源节约型、环境友好型社会建设"议题的有关准备工作。

4月8日—10日，陈邦柱主任率"建设资源节约型、环境友好型城市"调研组在湖南省进行调研。

4月19日，陈邦柱主任主持会议，研究全国政协第十八次常委会议专题发言提纲。

4月20日，人资环委举办"建设资源节约型、环境友好型社会"情况介绍会，陈邦柱主任主持会议。

5月9日—10日，由关注森林活动组委会主办的"第四届中国城市森林论坛"在四川省成都市举办。陈邦柱主任主持开幕式并考察成都市城市森林建设情况。

5月22日，人资环委关于农用地转（征）用情况专题调研组一行16人赴山东、江苏两省调研，陈邦柱主任带队。

6月7日，人资环委节能减排和能源可持续发展专题调研组一行15人赴山西省调研，陈邦柱主任带队。

6月18日，人资环委陈邦柱主任、张宝明副主任在全国政协机关听取宁夏回族自治区政协人资环委主任刘璞介绍关于黄河河套地区生态经济区建设调研的有关事宜。

7月10日—11日，陈邦柱主任率调研组赴河北省唐山市考察建筑建材节能和南堡油田开发有关情况。

7月16日，全国政协副秘书长孙怀山主持召开座谈会，就全国政协视察天津滨海新区的建设用地问题进行研究，陈邦柱主任参加。

8月9日，陈邦柱主任率黄河河套地区生态经济区建设调研组赴陕西省、宁夏回族自治区、内蒙古自治区进行调研。

9月26日，由全国政协人资环委、国家林业局等单位联合组成的关注森林活动组委会在全国政协机关召开第三届关注森林活动总结表彰大会。陈邦柱主任参加会议。

9月28日，人资环委召开会议，总结第十届全国政协人资环委资源环境方面的工作，陈邦柱主任主持会议。

10月29日，陈邦柱主任在江苏省南京市出席"湖泊保护与可持续发展研讨会"第三次会议开幕式并讲话。

10月29日，陈邦柱主任率可再生能源开发与利用调研组赴江苏、山东、河南等省调研。

11月14日，全国暨地方政协人资环委工作研讨会在全国政协礼堂开幕，陈邦柱主任向大会作工作报告。陈邦柱主任陪同贾庆林主席接见了会议代表并与大家合影留念。贾庆林主席充分肯定了人资环委的工作成绩并对今后人资环委工作提出了要求和希望。

11月18日，陈邦柱主任在人民大会堂出席"中国节能减排论坛——2007"并讲话。

2008年

1月16日，陈邦柱主任在政协礼堂主持第十届全国政协人资环委工作总结会议。

1月21日，由全国政协人资环委、国家林业局等单位联合成立的关注森林活动组委会在全国政协机关召开2008年主任会议。关注森林活动组委会主任、全国政协副主席张思卿主持会议，陈邦柱主任等出席会议。

编后记

2000年6月，陈邦柱同志被全国政协九届十次常委会任命为人口资源环境委员会主任，2003年3月，又连任十届政协人口资源环境委员会主任。在政协工作期间，陈邦柱主任组织全体委员，紧紧围绕经济社会发展中人口、资源、环境领域具有综合性、全局性、前瞻性的重大课题，深入调查研究，积极建言献策，调研成果受到党中央、国务院的高度重视，为推动人口、资源、环境与经济社会全面、协调、可持续发展作出了积极贡献。

陈邦柱同志作为人口资源环境委员会主任，率领调研组开展了大量的调查研究，足迹遍及大江南北，视野触及亚欧美非，在获得丰富调研成果的同时，也留下了自己难忘的身影。

为了反映陈邦柱同志在政协工作期间的真实场景，展现人口资源环境委员会的工作业绩，本书编写组从陈邦柱同志大量的工作场景照中，选取了部分有代表性的照片，经过精心整理、编辑，形成了《足迹·风采》一书。

本书分为卷首篇、综合篇、人口篇、资源篇、环境篇、出访篇、风采篇和情感篇等八个部分，并在书后附有大事记，力求真实再现陈邦柱同志深入调查研究、积极建言献策的工作场景，全面反映陈邦柱同志在全国政协的主要工作，着力展现陈邦柱同志在人民政协大舞台上忠诚履行职能的足迹风采。

在本书编写出版过程中，得到了有关方面的大力支持。中共中央政治局常委、全国政协主席贾庆林亲自为本书作序；全国政协人口资源环境委员会副主任、中国书法家协会顾问邵秉仁为本书题写书名；全国政协人口资源环境委员会办公室为本书出版提供了大量照片与文字素材；中国质量协会对本书出版给予了积极配合；中国宇航出版社为本书出版作了艰苦细致的工作。对以上领导和单位的大力支持，在此一并表示衷心的感谢。

由于水平所限，书中还会有不足之处，恳请读者批评指正。

本书编写组

2011年2月